詩の向こうで、僕らはそっと手をつなぐ。

ふらんす堂

目次

詩の向こうで、
僕らは
そっと手をつなぐ。

萌詩アンソロジー

イラスト・山中ヒコ

第一章 秘めた気持ちが疼いて

十六歳の少年の顔　——思ひ出の自画像——

大手拓次 TAKUJI OHTE

うすあをいかげにつつまれたおまへのかほには
五月のほととぎすがないてゐます。
うすあをいびろうどのやうなおまへのかほには
月のにほひがひたひたとしてゐます。
ああ　みればみるほど薄月《うすづき》のやうな少年《せうねん》よ、
しろい野芥子《のげし》のやうにはにかんでばかりゐる少年よ、
そつと指でさはられても真赤《まつか》になるおまへのかほ、
ほそい眉《まゆ》、
きれのながい眼《め》のあかるさ、
ふつくらとしたしろい頬《ほほ》の花、
水草《みづくさ》のやうなやはらかいくちびる、
はづかしさと夢とひかりとでしなしなとふるへてゐるおまへのかほ。

月夜の浜辺

中原中也 CHUYA NAKAHARA

月夜の晩に、ボタンが一つ
波打際に、落ちてゐた。

それを拾つて、役立てようと
僕は思つたわけでもないが
なぜだかそれを捨てるに忍びず
僕はそれを、袂《たもと》に入れた。

月夜の晩に、ボタンが一つ
波打際に、落ちてゐた。

それを拾つて、役立てようと
僕は思つたわけでもないが

月に向つてそれは抛《はふ》れず
　浪に向つてそれは抛れず
僕はそれを、袂に入れた。

月夜の晩に、拾つたボタンは
指先に沁《し》み、心に沁みた。

月夜の晩に、拾つたボタンは
どうしてそれが、捨てられようか？

君が花 —— 石川啄木 TAKUBOKU ISHIKAWA

君くれなゐの花薔薇《はなさうび》、
白絹《しらぎぬ》かけてつつめども、
色はほのかに透《す》きにけり。
いかにやせむとまどひつつ、
墨染《すみぞめ》 衣袖《ころもそで》かへし
掩《おほ》へども〱いや高く
花の香りは溢《あふ》れけり。

ああ秘めがたき色なれば、
頬《ほゝ》にいのちの血ぞ熱《ほて》り、
つつみかねたる香りゆゑ
瞳《ひとみ》に星の香《か》も浮きて、
佯《いつ》はりがたき恋心《こひごころ》、
熄《き》えぬ火盞《ほざら》の火の息に
君が花をば染めにけれ。

逃げ水 —— 島崎藤村 TOSON SHIMAZAKI

ゆふぐれしづかに
　ゆめみんとて
よのわづらひより
　しばしのがる

きみよりほかには
　しるものなき
花かげにゆきて
　こひを泣きぬ

すぎこしゆめぢを
　おもひみるに
こひこそつみなれ

つみこそこひ

いのりもつとめも
このつみゆゑ
たのしきそのへと
われはゆかじ

なつかしき君と
てをたづさへ
くらき冥府《よみ》までも
かけりゆかん

深夜の雪 ——— 高村光太郎 KOTARO TAKAMURA

あたたかいガスだんろの火は
ほのかに音を立て、
しめきつた書斎の電燈《でんとう》は
しづかにやや疲れ気味の二人を照す。
宵からの曇り空が雪にかはり、
さつき牕《まど》から見れば
もう一面に白かつたが、
ただ音もなく降りつもる雪の重さを
地上と屋根と二人のこころとに感じ、
むしろ楽しみを包んで軟《やはらか》いその重さに
世界は息をひそめて子供心の眼をみはる。
「これみや、もうこんなに積もつたぜ」
と、にじんだ声が遠くに聞え、
やがてぽんぽんと下駄の歯をはたく音。
あとはだんまりの夜も十一時となれば、

話の種さへ切れ
紅茶もものうく
ただ二人手をとつて
声の無いこの世の中の深い心に耳を傾け、
流れわたる時間の姿をみつめ、
ほんのり汗ばんだ顔は安らかさに満ちて
ありとある人の感情をも容易《たやす》くうけいれようとする。
又ぽんぽんぽんとはたく音の後から
車らしい何かの響き——
「ああ、御覧なさい、あの雪」
と、私が言へば、
答へる人は忽《たちま》ち童話の中に生きはじめ、
かすかに口を開いて
雪をよろこぶ。
雪も深夜をよろこんで
数限りもなく降りつもる。
あたたかい雪、
しんしんと身に迫つて重たい雪が——

断片〈二篇〉

辻征夫 YUKIO TSUJI

1

たとえば薔薇　若い死刑囚など
美しいものばかりをぼくは
愛するのです　とあなたは言つた
壁に薔薇のかげのしみついている
春の終りはこんなにも静かで
子共の無心に創りあげた紙の
死面《デスマスク》の荘厳な眼がひらかれている

2

おまえの夢は
世界に荒涼としたソファーを置く

そこにひととき
坐《ざ》して　おまえに語りかけようと
ぼくは裸足で広場をめぐつている

最後の敵

石原吉郎 YOSHIRO ISHIHARA

薔薇のように傷あとが
耳たぶのうしろで匂っている
そんなおとこに会っては
いけないのか
華麗な招待の灯《ひ》の下でも
腕ぐみをとかずに向きあえる
そんなおとこに会っては
いけないのか
夕やけのなかの尖塔《せんとう》のように
怒りはその額にかがやいているが
とおく十字路を
ふりかえる目のなかには
颶風《ぐふう》が　やさしく
とまどっているようだ

彼の靴おとが行きすぎるとき
沈黙は　街じゅうにひろがり
はるかな地下室では
はたと賭博の手を
おさえる気配がする
追われるよりもいちはやく
向きかえた背なかのまじめさを
忘れかねている大通りが
一つや二つはあるはずだが
いたみにはやさしくかたむく
秤《はかり》のような肩と
どんな未来もはねつける
きりたった胸とが
どこで遭っても見わけのつく
そいつの誠実な目じるしだ
敵のなかに　さらに敵をつくり
鞭をまたいで　ついに
ぼくらをふりむかなかったおとこ
そうしてなによりも　終末の日に

塔よりも高い日まわりが
怒りのように
咲きならぶ道を
彼はやって来るだろう
かんぬきよりもかたくなな
ぼくらの腕ぐみを
苦もなくおしひらいて
その奇体《きたい》なあつい火を
ぼくらの胸に
おしつけるために

およぐひと

萩原朔太郎 SAKUTARO HAGIWARA

およぐひとのからだはななめにのびる、
二本の手はながくそろへてひきのばされる、
およぐひとの心臓《こころ》はくらげのやうにすきとほる、
およぐひとの瞳《め》はつりがねのひびきをききつつ、
およぐひとのたましひは水のうへの月をみる。

思い出してはいけない——清岡卓行 TAKAYUKI KIYOOKA

ぼくはどうにも　自分の
名前が思い出せないのだった。
そんなに遠い夢の中の廃墟。
そのほとりには
傷ついた動物の形をした森があり
ぼくは日かげを求めて坐り
きみは日なたを好んで坐った。
きみを見たときから始った
ぼくの孤独に
世界は　はげしく
破片ばかりを投げ込もうとしていた。
そのとき　ふと吹き抜けて行った
競馬場の砂のように埃っぽく
見知らぬ犯罪のように生臭い

季節はずれの春。
それともそれは　秋であったか？
風に運ばれながらぼくの心は歌っていた
――もう　愛してしまった　と。

それは今日までつづいている
きみもどうやら　自分の
名前が思い出せないのだ。

しやうがない奴

武者小路実篤 SANEATSU MUSYANOKOJI

「しやうがない奴だ」

「さうだ、しやうがない奴だ」

「君がだぜ」

「さうだ、僕がだ。」

第二章

皮膚の熱は隠せない

恋《こひ》を恋する人 —— 萩原朔太郎 SAKUTARO HAGIWARA

わたくしはくちびるにべにをぬつて、
あたらしい白樺《しらかば》の幹に接吻《せつぷん》した、
よしんば私が美男であらうとも、
わたしの胸にはごむまりのやうな乳房がない、
わたしの皮膚からはきめのこまかい粉おしろいのにほひがしない、
わたしはしなびきつた薄命男《はくめい》だ、
ああ、なんといふいぢらしい男だ、
けふのかぐはしい初夏の野原で、
きらきらする木立の中で、
手には空色の手ぶくろをすつぽりとはめてみた、
腰にはこるせつとのやうなものをはめてみた、
襟《えり》には襟おしろいのやうなものをぬりつけた、
かうしてひつそりとしなをつくりながら、

わたしは娘《むすめ》たちのするやうに、
こころもちくびをかしげて、
あたらしい白樺の幹に接吻した、
くちびるにばらいろのべにをぬつて、
まつしろの高い樹木にすがりついた。

なぜぼくの手が――――鮎川信夫 NOBUO AYUKAWA

なぜぼくの手が
ふときみの肩にかけられたのか
どちらかが死にかけているような
不吉なやさしさをこめて

さりげないぼくの微笑も
どうしてきみの涙をとめることができよう
ぼくのものでもきみのものでもない
さらに多くの涙があるのに

ながかった航海の短かさについて
涙をながすほかには
なにも語ろうとするな

言わねばならぬさらに多くのことがあっても

きみの肩にかけられたぼくの手の
不吉なやさしさのなかで
虚《むな》しい文字のように消えてゆく
血の骨よ血の肉よ血の花よ

こうして耐えているぼくのほうが
むしろ泣きたいくらいだ
きみの青白い身体はみるみるうちに
どんな後悔よりも細くなってしまったから

合唱

吉増剛造 GOUZO YOSHIMASU

やけに青い空の直下で
ぼくらはゆらゆらそよぐ海草のように
肩をよせあい
ペラペラのおなかを突き出して
調子のはずれた合唱をしていた
ぼくらの口唇はちぎれて
ひらひらと舞いあがって行った
静脈の突端《とったん》を切り開いて
ぼくらの赤血球は飛び散って行った
たすけを求めて
わめき声をしきりにあげながら
ぼくらの歌声は青い空に吸いこまれてしまった
ぼくらはもっと強く抱きあいながら合唱した
そしてぼくらは全身を切り裂いて
青い空にぼくらの全てを返上した
けれども

依然《いぜん》として空は不気味に青々としている
ぼくらはめくらのモグラなのかも知れない
一瞬、電光に刺し殺される豚の軍団なのかも知れない
青い、青い空は
気の狂ったカミサマの運動場なのか
あらゆるものが殺害される舞台なのか
きやつは土足で往来し
ずるがしこく、舌なめずりしているのか
青い空は
こわれたものの墓場なのか
つぎはぎだらけの青色の下着のように
空はこちらを向いているのだろうか

ぼくらが肩をよせあい合唱した時
ぼくらの皮膚に伝令がやって来た
青空の舞台裏から
凄絶《せいぜつ》なハンマーの音が切れ切れに聞えると
ぼくらはフイに歌うのをやめ
青い空はハッタとにらむ

耳鳴りのうた

石原吉郎 YOSHIRO ISHIHARA

おれが忘れて来た男は
たとえば耳鳴りが好きだ
耳鳴りのなかの　たとえば
小さな岬が好きだ
火縄のようにいぶる匂いが好きで
空はいつでも　その男の
こちら側にある
風のように星がざわめく胸
勲章《くんしょう》のようにおれを恥じる男
おれに耳鳴りがはじまるとき
そのとき不意に
その男がはじまる
はるかに麦はその髪へ鳴り
彼は　しっかりと

あたりを見まわすのだ
おれが忘れて来た男は
たとえば剥製《はくせい》の驢馬《ろば》が好きだ
たとえば赤毛のたてがみが好きだ
たとえば銅の蹄鉄《ていてつ》が好きだ
銅羅《どら》のような落日《らくじつ》が好きだ
笞《しもと》へ背なかをひき会わすように
おれを未来へひき会わす男
おれに耳鳴りがはじまるとき
たぶんはじまるのはその男だが
その男が不意にはじまるとき
さらにはじまる
もうひとりの男がおり
いっせいによみがえる男たちの
血なまぐさい系列の果てで
棒紅《ぼうべに》のように
やさしく立つ塔がある
おれの耳穴はうたがうがいい
虚妄《きょもう》の耳鳴りのそのむこうで

それでも　やさしく
立ちつづける塔を
いまでも　しっかりと
信じているのは
おれが忘れて来た
その男なのだ

拳闘

村野四郎 SHIRO MURANO

大きい広袖《ひろそで》の中から
高く組み合された両手のように
二つの肉体が
糶《せ》り上げられ
忽《たちま》ち
ベコニアのように血だらけになる
レフェリーは紋白蝶である
やがて一人が頸《うな》だれると
一人が孤独のように残される
嵐の中にふるえながら
すると急に
世界が扇のように閉ってくる

決闘

清岡卓行 TAKAYUKI KIYOOKA

踝《くるぶし》へは　くるおしい歯車
臑《ひかがみ》へは　ひからびた地球儀
そうして　水銀をぎこちなく
口にふくむくちづけは
いけないことのような　そののちに
勝利の頂上のはげしい羞恥と
敗北の底にのたうつ　うつろな笑いと
なぜ　ふたつながら同時に
額縁でふちどられたベッドの上で
かれらそれぞれの　渇いた裸体の
しだいに発熱する　ガラスの皮膚の
奥深く閉じこめる予感であったか
戦いはどこから来たか　たがいに
ありとあらゆる愛は　造花で飾られ
なぜ　偶然に選びあった

ただひとつの肉体への殺意となったか
それはむしろ　あたえあう自殺
舌には舌の　燃えつきる星たち
項《うなじ》には指の　魘《うな》された鍵束
瀕死《ひんし》の瞳が刺しちがえる二重の宇宙に
かれらそれぞれの　あえぐ魂は
どのような光を　また闇を
捉《とら》えようもなくかいま見たか

くらげの唄

金子光晴 MITSUHARU KANEKO

ゆられ、ゆられ
もまれもまれて
そのうちに、僕は
こんなに透《す》きとほってきた。

だが、ゆられるのは、らくなことではないよ。

外からも透いてみえるだろ。ほら。
僕の消化器のなかには
毛の禿《ち》びた歯刷子《ブラシ》が一本、
それに、黄ろい水が少量。

心なんてきたならしいものは

あるもんかい。いまごろまで。
はらわたもろとも
波がさらっていった。

僕？ 僕とはね、
からっぽのことなのさ。
からっぽが波にゆられ、
また、波にゆりかへされ。

しをれたかとおもふと、
ふぢむらさきにひらき、
夜は、夜で
ランプをともし。

いや、ゆられてゐるのは、ほんたうは
からだを失《な》くしたこころだけなんだ。
こころをつつんでゐた
うすいオブラートなのだ。

いやいや、こんなにからっぽになるまで
ゆられ、ゆられ
もまれ、もまれた苦しさの
疲《つか》れの影《かげ》にすぎないのだ！

木が風に

吉野弘 HIROSHI YOSHINO

木が風に
胸のあたりを絞り上げられている
梢は撓《たわ》み、反りかえり
葉は裏返り、せわしく向きを変え
甘えて風につかみかかり、やさしく打たれ
幹は揺れて静かな悦楽《えつらく》を泳ぐ。
蜜月の喃語《なんご》に近く
意味を成さない囁《ささや》きをかわし、戯《たわむ》れ、睦《むつ》み合い
木と風は互いに飽くことがない。

恋人のにほひ ―――― 大手拓次 TAKUJI OHTE

こひびとよ、
おまへのにほひは　とほざかる　むらさきぐさのにほひです、
おまへのにほひは　早瀬《はやせ》のなかにたはむれる　若鮎のといきのにほひです、
おまへのにほひは　したたる影におどろく　閨鳥《ねやどり》のゆめのにほひです。

こひびとよ、
おまへのにほひは　うすくなりゆく朝やけの　ひかりの靄《もや》のひとときです、
おまへのにほひは　ふかれふかれてたかまりゆく　小草《をぐさ》のみだれです、
おまへのにほひは　すみとほる　かはせみの　ぬれた羽音です。

こひびとよ、
おまへのにほひは　きこえない秘密の部屋の　こゑの美しさです、
おまへのにほひは　ひとめひとめにむれてくる　ゆきずりの姿です、

おまへのにほひは　とらへがたない　ほのあをの　けむりのゆくへです。

こひびとよ、
おまへのにほひは　ゆふもや色の　鳩の胸毛のさゆれです。

駿馬の喜び

武者小路実篤 SANEATSU MUSYANOKOJI

私は自分の上にのるものは、
皆はねとばす、
どんな男も私の上にのることは出来ない。
それが私の自慢だつた。

くる男もくる男も、
私にのる前は自慢してゐた。
しかし私にのつてはねとばされると
青くなつて引きさがつた。

或る日一人の酔ぱらいが来た。
私にのりたいと云つた、
人々は面白がつて私にのせた、
私もひどくはねとばしてやらうと思つた。

処が私はかけ出した、
私は不思議に気持よくかけた、
私はわけわからずに走《か》けた、
私は夢中になつてかけた。

私は酔ぱらいのことを忘れた、
私は自分の心のまゝに走けて、
ゆかいで仕方がなかつた、
私はこんなに愉快《ゆかい》な気持になれたことはなかつた。

私はいゝ気持になり、
いゝ気持につかれ、
ぴたつと足がとまつた時、
私は走け出す前の処に立つてゐた。

私の背の上から酔ぱらいが下りて来た、
私は酔ぱらいのことをすつかり忘れてゐた、
はねとばしてやることを忘れてゐた、

腹が立つたが今更どうすることも出来なかつた。

人は、ぼんやりしてゐた、
酔ぱらいはこんない、馬を見たことはないと云つた。
私もこんな立派な人はないとその時思つた。
私はその男を愛してしまつた。

その男がのつてくれる時、
私は始めて自分から解放され、
そして始めて自由自在になれた。
そしてすなほに私は自分の全力が出し切れた。

第三章

傷跡は見えないところに刻まれる

ココアのひと匙

石川啄木 TAKUBOKU ISHIKAWA

一九一一・六・一五・TOKYO

われは知る、テロリストの
かなしき心を――
言葉とおこなひとを分ちがたき
ただひとつの心を、
奪はれたる言葉のかはりに
おこなひをもて語らむとする心を、
われとわがからだを敵に擲《な》げつくる心を――
しかして、そは真面目にして熱心なる人の常に有《あり》つかなしみなり。

はてしなき議論の後の
冷めたるココアのひと匙を啜《すす》りて、
そのうすにがき舌触りに、
われは知る、テロリストの
かなしき、かなしき心を。

君に

村山槐多　KAITA MURAYAMA

げに君は夜とならざるたそがれの
美しきとどこほり
げに君は酒とならざる麦の穂の
青き豪奢《ごうしゃ》

すべて末路をもたぬ
また全盛に会はぬ
涼しき微笑《びしょう》の時に君はあり
とこしなへに君はあり

されば美しき少年に永くとどまり
その品よきぱつちりとせし
眼を薄く宝玉《ほうぎょく》にうつし給へり
いと永き薄ら明りにとどまる

われは君を離れてゆく
いかにこの別れの切なきものなるよ
されど我ははるかにのぞまん
あな薄明《はくめい》に微笑《びしょう》し給へる君よ。

兄弟 ——— 北原白秋 HAKUSYU KITAHARA

われらが素肌《すはだ》のさみしさよ、
細葱《ほそねぎ》の青き畑《はたけ》に、
きりぎりすの鳴く真昼に。

金《きん》いろの陽《ひ》は
匍ひありく弟の胸掛にてりかへし、
そが兄の銀《ぎん》の小笛にてりかへし、
護謨《ゴム》人形の鼻の尖《とが》りに弾《は》ねかへる。

二人《ふたり》が眼に映《うつ》るもの、
いまだ酸ゆき梅の果、
土竜《もぐら》のみち、
昼の幽霊。

素肌にあそぶさびしさよ、
冷《つ》めたき足の爪さきに畑《はたけ》の土《つち》は新しく、
金《きん》の光は絶間なく鉄琴《てつきん》のごと弾ねかへる。
かくて、哀《かな》しき同胞《はらから》は
同じ血脈《ちすぢ》のかなしみのつき纏《まと》ふにか、呪ふにか、
離れんとしつ、戯《たはむ》れつ……

みどり児は怖々《おづおづ》と、あちら向きつつ虫を弾《は》ね、
兄は真青《まさを》の葱のさきしんと眺めて、唇《くち》あてて
何かえわかぬ昼の曲、
ひとり寥《さみ》しく笛を吹く、銀《ぎん》の笛吹く、笛を吹く。

秋の日

村野四郎 SHIRO MURANO

私はきょう
死んだ彼と一緒に歩いた
木犀やコスモスの墻《かき》の向うに
青い空のある道を

私は花をとって彼の釦《ボタン》の穴にさしてやろうとした
すると彼は痩せた胸骨を硬くして
あらぬ方を見ていた

遠く流れていた雲
涯《がい》なく深い青空
彼の眼を捉えていたものは何であったろう
道には枯れた蔓草《つるくさ》が乱れていた
鶏があわてて遁《に》げた

彼の冷たい影の中で虫がないていた

言おうとして言えなかった
私のたくさんの言葉
きこうとしてきけなかった
彼のたくさんの言葉
それから悲哀の中で騒いでいた
よわよわしい鶸《ひわ》のこえ——

死んだ中原――小林秀雄 HIDEO KOBAYASHI

君の詩は自分の死に顔が
わかって了《しま》った男の詩のようであった
ホラ、ホラ、これが僕の骨
と歌ったことさえあったっけ

僕の見た君の骨は
鉄板の上で赤くなり、ボウボウと音を立てていた
君が見たという君の骨は
立札ほどの高さに白々と、とんがっていたそうな

ほのか乍《なが》ら確かに君の屍臭を嗅《か》いではみたが
言うに言われぬ君の額の冷たさに触ってはみたが
とうとう最後の灰の塊りを竹箸の先きで積ってはみたが
この僕に一体何が納得出来ただろう

夕空に赤茶けた雲が流れ去り
見窄《みすぼ》らしい谷間いに夜気が迫り
ポンポン蒸気が行く様な
君の焼ける音が丘の方から降りて来て
僕は止むなく隠坊《おんぼう》の娘やむく犬どもの
生きているのを確かめるような様子であった

ああ、死んだ中原
僕にどんなお別れの言葉が言えようか
君に取返しのつかぬ事をして了《しま》ったあの日から
僕は君を慰める一切の言葉をうっちゃった

ああ、死んだ中原
例えばあの赤茶けた雲に乗って行け
何んの不思議な事があるものか
僕達が見てきたあの悪夢に比べれば

汚れつちまつた悲しみに……

中原中也 CHUYA NAKAHARA

汚れつちまつた悲しみに
今日も小雪の降りかかる
汚れつちまつた悲しみに
今日も風さへ吹きすぎる

汚れつちまつた悲しみは
たとへば狐《きつね》の革裘《かはごろも》
汚れつちまつた悲しみは
小雪のかかつてちぢこまる

汚れつちまつた悲しみは
なにのぞむなくねがふなく
汚れつちまつた悲しみは
倦怠《けだい》のうちに死を夢む

汚れつちまつた悲しみに
いたいたしくも怖気《おぢけ》づき
汚れつちまつた悲しみに
なすところもなく日は暮れる……

死んだ男 ——— 鮎川信夫 NOBUO AYUKAWA

たとえば霧や
あらゆる階段の跫音《あしおと》のなかから、
遺言執行人《ゆいごんしっこうにん》が、ぼんやりと姿を現す。
——これがすべての始まりである。

遠い昨日……
ぼくらは暗い酒場の椅子《いす》のうえで、
ゆがんだ顔をもてあましたり
手紙の封筒を裏返すようなことがあった。
「実際は、影も、形もない?」
——死にそこなってみれば、たしかにそのとおりであった

Mよ、昨日のひややかな青空が
剃刀《かみそり》の刃にいつまでも残っているね。
だがぼくは、何時《いつ》何処《どこ》で

きみを見失ったのか忘れてしまったよ。
短《みじ》かかった黄金時代——
活字の置き換えや神様ごっこ——
「それが、ぼくたちの古い処方箋《せん》だった」と呟《つぶや》いて……

いつも季節は秋だった、昨日も今日も、
「淋《さび》しさの中に落葉《おちば》がふる」
その声は人影へ、そして街へ、
黒い鉛の道を歩みつづけてきたのだった。

埋葬《まいそう》の日は、言葉もなく
立会う者もなかった
憤激《ふんげき》も、悲哀も、不平の柔弱な椅子《いす》もなかった。
空にむかって眼《め》をあげ
きみはただ重たい靴のなかに足をつっこんで静かに横たわったのだ。
「さよなら、太陽も海も信ずるに足りない」
Mよ、地下に眠るMよ、
きみの胸の傷口は今でもまだ痛むか。

虹とひとと

立原道造 MICHIZO TACHIHARA

雨あがりのしづかな風がそよいでゐた　あのとき
叢《くさむら》は露の雫にまだ濡れて　蜘蛛の念珠《おじゆず》も光つてゐた
東の空には　ゆるやかな虹がかかつてゐた
僕らはだまつて立つてゐた　黙つて！

ああ何もかもあのままだ　おまへはそのとき
僕を見上げてゐた　僕には何もすることがなかつたから
（僕はおまへを愛してゐたのに）
（おまへは僕を愛してゐたのに）

また風が吹いてゐる　また雲がながれてゐる
明るい青い暑い空に　何のかはりもなかつたやうに
小鳥のうたがひびいてゐる　花のいろがにほつてゐる

おまへの睫毛《まつげ》にも　ちひさな虹が憩《やす》んでゐることだらう
（しかしおまへはもう僕を愛してゐない
僕はもうおまへを愛してゐない）

花一枝 —— 土井晩翠 BANSUI DOI

ラインの岸に花摘みて
別れし友に贈りけむ
詩人を學びわれもまた
君に一枝の夕ざくら。

あしたの柳露にさめ
ゆふべの櫻風に醉ふ
都の春の面影を
せめては忍べとばかりに。

通ふ鐵路《てつろ》も末遠く
都の春は里の冬
玉なす御手に觸れん前
萎《なえ》み果てむかあゝ花よ。

萎み果てなむ一枝を
空しく棄てむ君ならじ
心の色に染めなして
寝覺の窓にゐましめよ。

五月の詩・序詞

寺山修司 SHUIJI TERAYAMA

きらめく季節に
たれがあの帆を歌ったか
つかのまの僕に
過ぎてゆく時よ

夏休みよ　さようなら
僕の少年よ　さようなら
ひとりの空ではひとつの季節だけが必要だったのだ　重たい本　すこし
雲雀《ひばり》の血のにじんだそれらの歳月たち

萠ゆる雑木は僕のなかにむせんだ
僕は知る　風のひかりのなかで
僕はもう花ばなを歌わないだろう
僕はもう小鳥やランプを歌わないだろう

春の水を祖国とよんで　旅立った友らのことを
そうして僕が知らない僕の新しい血について
僕は林で考えるだろう
木苺よ　寮よ　傷をもたない僕の青春よ
さようなら

きらめく季節に
たれがあの帆を歌ったか
つかのまの僕に
過ぎてゆく時よ

二十才　僕は五月に誕生した
僕は木の葉をふみ若い樹木たちをよんでみる
いまこそ時　僕は僕の季節の入口で
はにかみながら鳥たちへ
手をあげてみる
二十才　僕は五月に誕生した

読むことは素敵な共犯者になること

解説　川口晴美

詩の言葉には、不思議な力があります。

日常のなかで私たちが使う言葉とはちがって、理屈や論理にしばられることがないので、ひとつの言葉から次の言葉へ、ある一行から次の一行へ、つながりながらも非現実的な飛躍があったり、そこから奇妙なイメージが出現したりするのが詩の言葉。意味を追おうとすると、わけがわからないと感じられる作品もあるものの、わからない＝つまらない、ということには必ずしもならないのが面白いところです。

抽象絵画や謎めいた映像、音楽を味わうときの感覚にも似ている気がします。現実の枠組みにはとらわれず、自由な言葉の動きから生まれる音感やリズムを楽しんでいるうちに、それは読んでいるこちらのなかへ自然に入ってきて、現実には味わっていないはずの感情に揺さぶられたり、見たことのないイメージが思い浮かんだりすることもあるでしょう。あるいは、読んでいるこちらが現実の体の輪郭を失ったみたいに言葉のなかへ、詩の世界へ入っていって、見えないはずの何かを目撃している気持ちになることもある。そうして、実際の体験ではないけれどもやはり体験としかいいようのないものを、詩の言葉はわたしたちの内に残していきます。それは、意味や論理ではない力がこちらに作用するからなのだと思います。

そもそもわたしたち自身が、理屈や論理の枠組みにはおさまりきれないところをたくさん持った存在なのだし、今ある社会で共有されている効率や要不要だけに沿って生きていくことなどできません。本当は自分のなかにだってわけのわからないことはいくらもあって、ふだんはそういう部分に気づかず、気づいたとしても見ないふりをして生活しているけれど、無いことにはならない。詩の言葉はそこに触れて、揺り動かすのです。現実社会の日常のなかでは意味のない、はっきりとしたかたちにもならない何か、とるにたりないささいなことを、詩の言葉は受けとめることができる。わからないことをわからないままで、それが在ることの面白さを感じさせてくれるのです。

たとえば誰かと出会ったときや、ある場面に遭遇したとき、頭で理解することをとびこえて抗えない魅力を感じる、というのはめずらしくありません。理屈ではない何かがこちらの心を刺激し、ざわざわと活性化させられてしまう瞬間（「萌え」というのは、ある意味そういう心身の反応なのかもしれません）。詩を読んでいるときも、おなじことが起こります。勝手に想像力が働いて、見えている（書いてある）ことから、隠されているのかもしれない（書かれてはいない）ことを深く読み取ろうとしたり、詩の言葉の背景や隙間や前後の物語を、自分なりに夢想してみたり。それはとても楽しく、わくわくする読み方です。そのとき、詩は読んでいるこちらのなかで生き生きと存在し始めます。

学校の国語の授業では、この文章のテーマはとか、作者の言いたかったことは何かとか、想定された正解をあてるための読み方を専ら練習することになってしまうのですが、実は、詩はそんなふうに読まなくたっていいのです。正解なんかないのだから。意味はわからないけれどなんだかカッコイイ、読んでいるだけでうっとり、どきどきする……そんなふうに自分の感覚を知らない領域へと広げてくれる言葉に出あえたとしたら、そちらのほうが大正解。たまたま出あった詩に「萌え」て、書かれている場面や人物やその心理や関係性をほとんど無意識的に想像しながら読んだとき、読み手の心のなかに浮かんでいるのは、ひょっとしたら作者自身が思い描いていたものとはまるでちがっているかもしれません。でも、そんなことはかまわない。詩は、作者が書き終えたところで完成するのではなく、読むひとのなかで受けとめられてそれぞれに完成していくものなのです。

だから、このアンソロジーを繙くときも、ただ自由に想像し、読み解き、妄想することで豊かに楽しく言葉を味わってもらえたら、と思っています。

まるで水に映った自分に恋をして水仙と化したナルキッソスの神話のように、陶然と自分を「おまへ」と呼んでその「かほ」を描写している少年（「十六歳の少年の顔　――思ひ出の自画像――」）は、そこに何を見ているのでしょう。ナルキッソスのように自分に溺れているというよりは、恋をしたい気持ちばかりがあふれこぼれ、先走ってしまっているような気配があります。やがてそれは、自分自身に面差しの似た誰かに向かったのかもしれません。「恋を恋する人」は、そうして自分のなかに別のひとを見つめていることを、もはやゆるしているかのようにも感じられます。

意味のない、はっきりとしたかたちにもならない何か、とるにたりないささいなこと――たとえば恋愛にまで育つことのない感情、結ばれて子を成していくような現実のなかでの関係性にはなり得ない想い。そうとわかりながらも捨てることができず、こっそり仕舞っておこうとする一瞬が、暗い陸と海の境界でなんの役に立つわけではないボタンを拾う仕草（「月夜の浜辺」）のなかに閃きます。自分だけが知っている大切な何かがあるという切なさと官能が、じわりと滲んでくるよう。

詩のなかで「きみ」「君」と呼びかけられるひとが、いったいどんな姿をしていて、語り手とどんな関係なのか、いろいろに想像してみるのもいい。前半のひらがな書きがとろりとあまく滑らかな水の動きを感じさせる「逃げ水」の、「つみ」な「こひ」につながれてどこまでも行こうとする相手。ふたりして名前を失うほど世界から離れてしまうような出会いとなった（「思い出してはいけない」）相手。愛することは、「見知らぬ犯罪」のようにどうしようもなくそこに巻き込まれ、存在ごと攫われてしまうものだったのでしょう。

不吉なやさしさと死、涙と血を共有してしまったもうひとつの身体のような「きみ」（「なぜぼくの手が」）。血を流すみたいな歌声が抱きあうようにひとつになって「ぼくら」となることもある（「合唱」）。だけどそこには、なぜかいつも不穏な予感が漂っているようです。賛美し続けながら必然のように別れゆき（「君に」）、いくつもの詩で死は色濃くしのびよってくる。あるいは、破滅の縁にたたされてなお選びとることが、そのひとの存在を暗い輝きで満たすことにつながるのでしょうか。「断片」では、薔薇と死刑囚が並べられ、重ねてイメージされています。

死んでしまったひとを語ろうとする詩は、「彼」にしろ（「秋の日」）、中原にしろ（「死んだ中原」）、Mにしろ（「死んだ男」）、失ってしまった相手が語り手よりも鮮やかな存在感を持っていて、言葉のなかでふたりは永遠につながれている気がしてきます。中原中也と小林秀雄には、中原といっしょに暮らしていた年上の女性を友人だった小林が奪うかたちになったという因縁がありました。とはいえ、その女性ともつかのまの同棲で終わったことを知ると、彼が本当に欲しかったのは何だったのだろうといろいろに想像してしまいます。

穏やかな気配とともに「二人」の具体的な場面を描くことで、その一瞬が永遠になるような幸福感をまとうこともあります（「深夜の雪」）。また、「およぐひと」を読むと、私はデヴィッド・ホックニーの絵や、彼自身が主演したドキュメンタリー映画『彼と彼、とても大きな水しぶき』（原題：『A BIG SPLASH』）を連想せずにはいられません。のびやかな青年の裸体は透きとおった水に包まれ隔てられているから、それを見つめる語り手の静かな視線に狂おしく宿ってしまう憧れと哀しみ。その熱情と絶望。「くらげの唄」では、水中にいる身体のほうが語り手となっていて、どこか軽やかな諦念をうたっているように伝わってきますが、その身体を眺めているのは自分自身なのでしょうか。言葉は、あたかも自分に似た誰かに見せつけているようにも響いてきます。

隔てられることなくぶつかりあうふたつの身体は、「拳闘」や「決闘」で鮮やかに、傷つきながらうつくしく開く花のように描かれます。その二篇を味わったあとでは、「木が風に」もそのような身体の比喩としてしか読めなくなりますね。どれも、言葉に漲る力強さが、秘められたエロスになって伝わってくる気がします。それにしても、秘密の記憶、自分だけが知っているという意識は、どうしてこんなに特別にあまやかな気分をともなうのでしょう。「恋人のにほひ」や「ココアのひと匙」には、それを読み手にも共有させ、共犯者にさせるような趣きがありました。

たった四行の会話（「しやうがない奴」）からさえ、わたしたちはさまざまに刺激を受け、萌え、幾通りもの場面や関係性や物語を想像してしまいます。言葉は、すごい。とりわけ詩の言葉は。そして、あたえられた世界を、自由に読み込んで解釈しながら、想像力を駆使して自分の見方で読み替え、面白く享受することそのものがすばらしいのだ、とも思います。

意味があるのかないのかわからない言葉の連なりや、とるにたりないディテールが、受けとめる側の視線のありようによって輝きを帯び、異なる角度から光に照らされることで、物語とそこに宿る感覚や感情が読み手のなかに浮かびあがってきます。そのとき、つまらなかったり過酷だったりする現実の世界をも、ちがう見方で受けとめながら生きていく可能性がひっそりと、しぶとく生じるのではないでしょうか。

言葉のなかで、連なる行の向こうで、「僕」と「きみ」は現実ではつなぐことがかなわなかったかもしれない手をこっそりとつなぐ。書き手と読み手は、異なるかもしれない場面を見ながら共犯者のように鼓動を重ねる。

詩は、そんな可能性を有しているのです。

略歴

編者

川口晴美（かわぐち・はるみ）

1962年福井県小浜市生まれ、早稲田大学第一文学部卒業。1985年に最初の詩集『水姫』（書肆山田）。他に、『綺羅のバランス』『やわらかい檻』（書肆山田）、『デルタ』『液晶区』（思潮社）、『ガールフレンド』『ボーイハント』（七月堂）、『EXIT.』『lives』（ふらんす堂）。2009年刊行の詩集『半島の地図』（思潮社）で第10回山本健吉文学賞を受賞。最新詩集は『現代詩文庫196 川口晴美詩集』（思潮社）。共著に『女子高生のための文章図鑑』『男子高生のための文章図鑑』（筑摩書房）、『ことばを深呼吸』（東京書籍）。アンソロジー編『風の詩集』（筑摩書房）、『名詩の絵本』『名詩の絵本Ⅱ』（ナツメ社）など。

イラスト

山中ヒコ（やまなか・ひこ）

刊行漫画『初恋の70%は、』（新書館）『王子と小鳥』（芳文社）『丸角屋の嫁とり』（新書館）『森文大学男子寮物語』（祥伝社）『エンドゲーム』1～2巻（新書館）『王子様と灰色の日々』1～4巻（講談社）『ギブズ』（新書館）『500年の営み』（祥伝社）など。イラスト『いつかお姫様が』（久我有加・著／新書館）シリーズ『真夜中のパン屋さん』（大沼紀子著／ポプラ文庫）『"ハルチカ"シリーズ』（初野晴 著／角川書店）『退出ゲーム』（角川文庫）『初恋ソムリエ』（角川文庫）『空想オルガン』（角川文庫）など。

■参考文献

十六歳の少年の顔 ―思ひ出の自画像― 08 原子朗編『岩波文庫 大手拓次詩集』（岩波書店）

月夜の浜辺 09 大岡昇平編『岩波文庫 中原中也詩集』（岩波書店）

君が花 12 『角川文庫 石川啄木詩集 あこがれ』（角川書店）

逃げ水 14 『美しい日本の詩歌12 島崎藤村詩集 小諸なる古城のほとり』（岩崎書店）

深夜の雪 16 『岩波文庫 高村光太郎詩集』（岩波書店）

断片〈二篇〉 18 『現代詩文庫78 辻征夫詩集』（思潮社）

最後の敵 20 『現代詩文庫26 石原吉郎詩集』（思潮社）

およぐひと 23 『ちくま日本文学 萩原朔太郎』（筑摩書房）

思い出してはいけない 24 『現代詩文庫5 清岡卓行詩集』（思潮社）

しやうがない奴 26 『日本の詩人12 武者小路実篤詩集』（角川書店）

恋を恋する人 28 『ちくま日本文学 萩原朔太郎』（筑摩書房）

なぜぼくの手が 30 『現代詩文庫9 鮎川信夫詩集』（思潮社）

合唱 32 『現代詩人コレクション 八月の夕暮、一角獣よ』（沖積舎）

耳鳴りのうた 34 『現代詩文庫26 石原吉郎詩集』（思潮社）

拳闘 37 『現代詩文庫1028 村野四郎詩集』（思潮社）

決闘　38　『現代詩文庫5　清岡卓行詩集』（思潮社）
くらげの唄　40　『ちくま日本文学　金子光晴』（筑摩書房）
木が風に　43　『現代詩文庫119　続・吉野弘詩集』（思潮社）
恋人のにほひ　44　原子朗編『岩波文庫　大手拓次詩集』（岩波書店）
駿馬の喜び　46　『日本の詩人12　武者小路実篤詩集』（角川書店）
ココアのひと匙　50　『角川文庫　石川啄木詩集　あこがれ』（角川書店）
君に　52　酒井忠康編『講談社文芸文庫　村山槐多　槐多の歌へる』（講談社）
兄弟　54　安藤元雄編『岩波文庫　北原白秋詩集（上）』（岩波書店）
秋の日　56　『現代詩文庫1028　村野四郎詩集』（思潮社）
死んだ中原　58　『小林秀雄全作品10　中原中也』（新潮社）
汚れつちまつた悲しみに……　60　大岡昇平編『岩波文庫　中原中也詩集』（岩波書店）
死んだ男　62　『現代詩文庫9　鮎川信夫詩集』（思潮社）
虹とひとと　64　杉浦明平編『岩波文庫　立原道造詩集』（岩波書店）
花一枝　66　日本現代文學全集22『土井晩翠・薄田泣菫・蒲原有明・伊良子清白・横瀬夜雨集』（講談社）
五月の詩・序詞　68　『現代詩文庫105　続・寺山修司詩集』（思潮社）

発　行　二〇一四年六月一〇日初版発行
編　者　川口晴美 Harumi Kawaguchi
イラスト　山中ヒコ Hiko Yamanaka
発行人　山岡喜美子
発行所　ふらんす堂
〒182-0002 東京都調布市仙川町一―一五―三八―二F
TEL（〇三）三三二六―九〇六一　FAX（〇三）三三二六―六九一九

詩の向こうで、僕らはそっと手をつなぐ。

ホームページ http://furansudo.com/　E-mail info@furansudo.com
装　丁　和　兎
印　刷　三修紙工
製　本　三修紙工
定　価＝本体一二〇〇円＋税

ISBN978-4-7814-0605-3 C0092 ¥1200E